Mes vacances au camping

Stéphane Daniel
Illustrations de Marie-Noëlle Pichard

Mes vacances au camping

RAGEOT

Cet ouvrage a paru
dans sa première version
sous le titre *Ping-pong au camping*.

ISBN : 978-2-7002-3785-6
ISSN : 1951-5758

Aux Fresnaye,
pour le bonheur partagé…

Un départ en fanfare

– Et le gaz ? s'inquiète papa, est-ce que tu as bien fermé le gaz ?

Maman se tourne une nouvelle fois vers lui, avec son œil comme une mitrailleuse qui le viserait en plein front.

– Comment ça, TU ? s'indigne-t-elle. Il faut dire : « Est-ce que NOUS avons bien fermé le gaz ? »

– Tu en as de bonnes, Alice ! Moi je chargeais la voiture ! Je ne peux pas être partout !

– J'avais remarqué, figure-toi ! Mais pour le gaz, il est temps d'y penser ! Je ne sais plus, maintenant, si je l'ai fermé. Je crois que oui...

Papa manque s'étrangler.

– Comment ça, tu *crois* ?

Je regarde par la vitre défiler les champs monotones.

Il est encore tôt, le soleil se lève à peine. Le meilleur moyen d'éviter les embouteillages, dit chaque année papa en s'installant au volant, c'est de partir avant les autres.

Le problème, c'est qu'absolument tous les parents disent la même chose et, vu le nombre de véhicules qui se pressent sur l'autoroute, je ne serais pas étonné que l'on tombe sur un bouchon au péage.

Maman tire sur sa ceinture de sécurité et se tourne vers nous.

– Léo, Sophie, vous voulez un gâteau ?

J'accepte, évidemment ! Il me reste un creux que n'a pas comblé le petit-déjeuner pris aux aurores.

– Ta sœur dort ? me demande-t-elle en baissant légèrement la voix.

Je vérifie. La nuque calée sur l'appuie-tête, les yeux clos, elle ne bouge pas.

– J'ai l'impression.

Sophie est toujours fatiguée. Les parents disent que c'est normal quand on a quatorze ans, à cause de la croissance. Et moi je dis que si elle ne se fabriquait pas un teint de vampire sur Facebook jusque tard dans la nuit, elle supporterait mieux de grandir… Mais j'ai juré de ne pas vendre la mèche.

– Et la cafetière ? dit papa qui repart à l'attaque, est-ce que NOUS avons éteint la cafetière ?

L'œil de maman recharge la mitrailleuse.

– TU l'avais oubliée mais JE suis passée derrière toi. JE l'ai éteinte. La maison ne prendra pas feu, rassure-toi !

J'ai l'impression de connaître par cœur la moindre de leurs répliques. À chaque fois qu'on part en vacances, on y a droit. Je sais que papa, en ce moment, prépare sa repartie. Grâce à la cafetière, maman a marqué un point, mais il n'abandonne pas facilement.

– Elle prendra d'autant moins feu que tu as probablement oublié de fermer l'arrivée d'eau…

Je ne me suis pas trompé. La mitrailleuse, dans l'œil de maman, tire une rafale.

Dans mon coin, je pense à ce qui nous attend. Le camping du Ponton… Le paradis…

Un paradis dont je rêve depuis des semaines déjà. Le paradis des mois de juillet. Je ne me souviens pas d'être une seule fois parti ailleurs.

Sur l'emplacement numéro 316, à l'ombre de nos pins, sous notre tente, là nous sommes vraiment heureux.

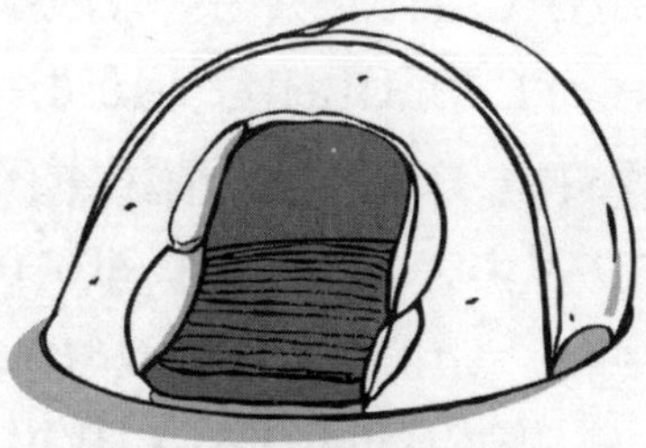

Dès que la voiture se garera à notre place, j'enlèverai chaussures, chaussettes, tee-shirt et pantalon (j'ai mis mon maillot de bain à la place de mon slip ce matin) et je courrai à la plage me baigner pendant que Sophie et mes parents commenceront à décharger la remorque. À neuf ans, on est encore dispensé de cette corvée.

Avec un peu de chance, s'ils sont déjà arrivés, je croiserai ma fidèle petite bande, Charly, Manu et Justine, que j'entraînerai avec moi. Le sable sous mes pieds nus me chatouillera un peu. Les aiguilles de pin me piqueront, les gravillons m'égratigneront jusqu'à ce que la corne protectrice des vrais sauvages ait recouvert la plante de mes pieds, opération qui réclame quelques jours. Ensuite, protégé par une semelle naturelle, je serai Tarzan pendant un mois. Rien que d'y penser, j'ai envie de pousser son cri.

Papa, qui freine brutalement, ne m'en laisse pas l'occasion, il pousse le sien.

– Bon sang ! Nous voilà bien ! Un bouchon maintenant !

Notre voiture se colle au pare-chocs d'une camionnette arrêtée devant nous. Une longue file de véhicules s'étire sur l'asphalte, à perte de vue.

– Mais qu'est-ce qu'ils ont à tous partir en même temps, ces abrutis ! Chérie, branche la radio sur Autoroute FM, qu'on sache un peu ce qui nous attend.

Moi, ce qui m'attend, c'est du bonheur. Mon année de CE2 s'est bien passée et les récompenses vont pleuvoir ; je pourrai aller au cinéma du camping et m'inscrire au club de la Plage, comme Sophie.

Sans bons résultats, j'étais condamné au cahier de vacances ! Mais j'ai terminé le dernier trimestre sur les chapeaux de roues, et le directeur m'a félicité en rendant les livrets, ses derniers, car il part en retraite. Nous ne le reverrons plus. Dommage, il était sympa.

« On signale un ralentissement de trente kilomètres sur l'autoroute A6 en direction de Lyon… »

Papa hoche la tête en écoutant le point circulation à la radio.

– Ralentissement. On est carrément arrêtés et ils parlent de ralentissement… S'ils annoncent des véhicules à l'arrêt, ça voudra dire qu'on recule !

La route du paradis est longue et semée d'embûches… Mais il me suffit de fermer les yeux pour entendre la mer, et déjà nager dans le bonheur.

Une arrivée triomphale

Le nez collé au carreau, je reconnais le paysage qui défile : l'avenue bordée de palmiers, l'étendue de roseaux. Et je savoure l'odeur qui entre dans l'habitacle par la vitre ouverte.

Nous venons de traverser le village de La Capte et longeons les campings qui suivent le dessin du golfe de Giens. Dans quelques minutes, les heures passées dans la fournaise de la voiture seront oubliées, la vraie vie commencera.

– On arrive ! s'écrie Sophie, aussi impatiente que moi.

Je la regarde. Elle est jolie, ma sœur. Bien sûr, je ne le lui dirai jamais, et puis quoi encore ? Je me moque plutôt de la trousse de maquillage qu'elle emporte depuis peu dans son sac. Avec ses bijoux en toc, elle se donne souvent de grands airs. Mais elle est jolie, je l'admets.

Le capot de la voiture passe sous le large fronton en pierre où est inscrit camping du Ponton. J'ai détaché ma ceinture pour gagner du temps, et passé ma tête à l'extérieur. Je ne veux pas rater une miette de ces instants précieux. Je respire à fond les parfums autour de moi.

Des bruits d'éclaboussures et des cris joyeux nous parviennent de la nouvelle piscine en retrait. La petite supérette n'a pas changé, elle propose toujours ses pêches et ses melons en cageots, et des glaces italiennes dans l'armoire réfrigérée près de l'entrée.

Papa roule au pas. À quoi bon s'arrêter ? Notre emplacement, le 316, nous attend, fidèle au poste, il sera toujours temps de remplir les papiers d'inscription plus tard.

Près des sanitaires, M. Murville, le gardien, a reconnu notre voiture et nous fait de grands signes. Maman lui répond en agitant le bras.

Je suis sûr que si papa lâchait le volant, la voiture trouverait seule le chemin qui conduit à notre emplacement. La première fois que nous sommes venus ici – maman vient de me le rappeler – j'avais sept mois. Maman s'est tellement plu qu'elle a exigé de revenir au même endroit l'année suivante.

Nous faisons maintenant partie de la confrérie des habitués, au point que mes parents appellent M. Murville par son prénom, Jean-François.

Nous nous engageons dans une allée secondaire. L'asphalte est remplacé par de la terre tassée. À travers la vitre, je cherche en vain mes copains.

Papa a posé un coude sur le rebord de la portière et manie son volant d'une main, avec précaution. Sur notre passage, des joueurs de pétanque sont plongés dans des parties d'une importance capitale. Il y a des apéritifs en jeu. Les pneus doivent impérativement slalomer entre les boules ; il est arrivé que des joueurs pointent ou tirent sur le capot d'un imprudent qui avait osé déranger la partie.

– Alors m'sieur Renoir, lance-t-il à un joueur qu'il croise, ça gagne sec ?

En quelques années, on en connaît du monde dans un camping. Papa s'est mis en tête, la saison dernière, de devenir champion de boules. Il s'est inscrit à tous les tournois organisés par la buvette et s'est pris un nombre incalculable de casquettes. C'est ce qu'on dit, en cas de défaite sévère, « se prendre une casquette ».

Sur la fin du séjour, il en a acheté une, de casquette, en toile blanche, et un chiffon pour essuyer ses boules, à la manière des Marseillais, nombreux dans le camping. Ça lui a fait des boules propres et une casquette de plus.

– Voilà le Parigot ! dit M. Renoir, enjoué. Il était temps que vous arriviez, on commençait à avoir soif !

Papa éclate de rire, il adore se fondre parmi les gens du Midi, porter les mêmes shorts qu'eux et protester quand personne ne veut jouer en doublette avec lui. Dès qu'il pose un pied dans le camping, il revit.

Après cet ultime virage, derrière la grosse caravane des Allemands, notre petit coin de paradis…

Papa freine brusquement.

– Qu'est-ce que c'est que ça ? rugit-il.

Je m'agrippe à ses épaules pendant que Sophie avance sa tête entre les sièges avant. Médusés, nous restons quelques instants bouche bée. Maman rompt le silence.

– Qu'est-ce qu'ils fichent chez nous, ceux-là ?

Car en effet, il y a des intrus chez nous !

Enfin, sur NOTRE emplacement, ce qui est pareil. Une tente est déjà presque dressée. Autour de l'armature s'affaire un couple aidé d'un garçon de l'âge de Sophie. Il est grand, avec des cheveux noirs et longs qui lui dégringolent sur la nuque. Ses yeux noirs bordés de grands cils se posent sur ma sœur et s'attardent un peu...

À côté de la voiture garée à NOTRE place, le coffre ouvert, une petite mamie se tient assise sur une chaise en toile, veillant sur le bric-à-brac entassé à ses pieds comme si elle attendait les clients au vide-grenier. La plaque minéralogique m'apprend qu'ils sont parisiens, comme nous.

Papa n'en est pas encore revenu, maman n'en revient pas et nous, on n'est pas près d'en revenir !

Papa secoue la tête et ouvre la portière d'un geste impérieux.

– Je vais régler ça tout de suite !

On pousse un soupir de soulagement. Papa va régler ça. Tout de suite. En trois coups de cuillère à pot. Et les choses vont rentrer dans l'ordre.

C'est une question de minutes…

M. et Mme Intrus

– S'il vous plaît ! Monsieur, s'il vous plaît !

Papa s'est avancé vers les intrus. Il affiche un sourire engageant, quoiqu'un peu forcé.

– Oui ? fait M. Intrus.

Grand, le front franchement dégarni, son ventre présente un léger embonpoint et, comme celles de mon père, ses jambes sont blanches.

Mme Intrus, qui s'est aussi tournée vers papa, a des mèches collées par la sueur et une chemise fripée par les efforts fournis pour vider le coffre.

– Il doit y avoir une erreur, commence papa, vous êtes sur notre emplacement.

– Je vous demande pardon ?

M. Intrus a l'air de prendre ça pour une plaisanterie.

Ça fait déjà un coup de cuillère à pot.

– Oui, poursuit papa, l'emplacement sur lequel vous vous installez, c'est le nôtre... le 316. Monsieur et madame Rousset. Il nous est alloué depuis des années. Et nous l'avons réservé. Vous devez partir. Excusez-nous...

L'autre fronce les sourcils.

Le deuxième coup de cuillère à pot s'engage mal.

– Monsieur, dit M. Intrus, cet emplacement nous a été attribué par le gardien du camping il n'y a pas deux heures. Aussi est-ce vous qui allez nous excuser, mais il est hors de question que nous déplantions !

– Impossible !

– Qu'est-ce qui est impossible, cher monsieur ?

– Monsieur Murville nous connaît parfaitement, il ne peut pas vous avoir attribué notre emplacement ! C'est impossible !

– C'est peut-être impossible mais c'est pourtant le cas ! Si vous avez un doute, allez donc le trouver, il vous le confirmera.

La cuillère à pot n'a plus de coup, et le ton monte. J'ai un mauvais pressentiment.

Maman, qui n'a rien perdu de la conversation, est descendue de voiture à son tour et frotte la paume de ses mains sur son pantalon, signe de nervosité. Dans le camp d'en face, Mme Intrus lâche le morceau de toile qu'elle tenait et l'imite. On dirait la scène du duel à la fin d'un western.

– Monsieur et madame Rousset !

Papa se retourne et son visage s'éclaire en découvrant Jean-François Murville. Il toise M. Intrus avec un sourire-grimace.

– Nous allons être rapidement fixés !

Le gardien nous salue et s'approche de papa.

– Ah monsieur Rousset ! J'ai essayé de vous faire signe tout à l'heure.

– Vous tombez bien, Jean-François ! Figurez-vous que ce monsieur…

Et papa explique calmement la situation. Il est bientôt interrompu par M. Intrus qui dévisage le gardien et lui demande :

– Mais qui êtes-vous donc ?

On a tous senti qu'il y avait un malaise… Un pépin… Un lézard…

Le fait est. M. Murville, grippé, a été remplacé quelques jours par son neveu qui s'est un peu mélangé dans les réservations. Il a attribué le 316 à la famille Chardon (le vrai nom des Intrus). Le gardien, de retour aujourd'hui, constatait justement l'erreur quand il nous a vus arriver.

– Je suis vraiment navré, dit M. Murville.

– Mais au fait ! s'exclame papa gagné par une soudaine panique, il reste bien d'autres emplacements ?

– Pas d'inquiétude, le 317 se libère en ce moment, il est pour vous…

Effectivement, non loin de nous, un couple plie bagages. L'homme accroche en ce moment sa caravane à sa voiture. Maman a une brusque inspiration. Elle se fend d'un sourire à l'adresse des Chardon, digne d'une publicité pour dentifrice.

– Cela vous ennuierait-il d'occuper le 317 ?

– Vous voudriez que nous démontions notre tente pour la remonter dix mètres plus loin ? dit Mme Chardon en fronçant les sourcils.

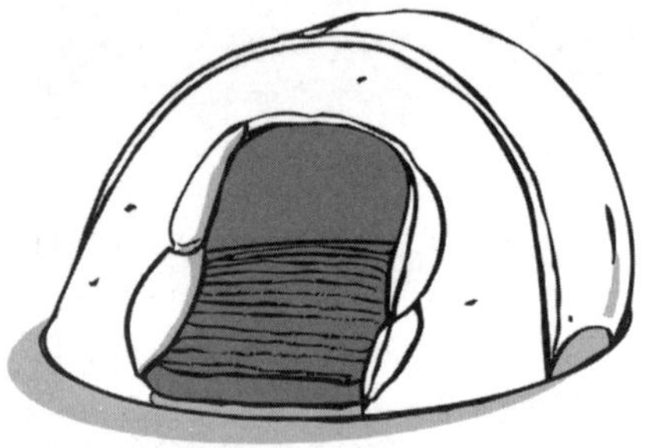

Maman insiste :

– Nous sommes habitués au 316, vous comprenez, et…

– C'est complètement idiot ! la coupe M. Chardon. Ces emplacements sont rigoureusement semblables, ce que vous demandez est absurde.

Papa blêmit.

– Je ne vous permets pas !

– Restons-en là, voulez-vous ! s'énerve M. Chardon.

– Messieurs, messieurs !

Le gardien tente une manœuvre d'apaisement. Mais une petite voix criarde torpille son intervention.

– Te laisse pas influencer, Stan ! Envoie-les paître !

La mamie. C'est la mamie qui, après s'être levée comme une diablesse, incite M. Chardon à revenir à la charge. Si je m'attendais…

Mon regard croise le sien. Et j'ai la nette impression de rêver. Elle esquisse un sourire en m'adressant un clin d'œil !

Première escarmouche

Je sors de l'eau comme un maître nageur dans *Alerte à Malibu*, une vieille série dont Sophie ne rate aucun épisode (il faut l'entendre déclarer que David Charvet est vraiment TROP mignon là-dedans !).

Le sable colle à mes pieds mouillés, des pieds tendres de citadin, blancs jusqu'à la limite des chaussettes.

M'enroulant dans ma serviette, je contemple la boule rouge du soleil qui tremble sur les toits d'un village au loin, à l'extrémité de la presqu'île. Le premier bain est toujours merveilleux. Je lèche le sel sur mes lèvres. Mon bonheur serait complètement complet si je pouvais le partager...

– Léo !

Il suffit de demander...

Je reconnais les silhouettes qui déboulent sur la plage en agitant les bras. Une minute plus tard, je fais la bise à Justine et je serre les mains de Charly et Manu.

– T'es arrivé quand ? me demande ce dernier.

– À l'instant. Et vous ?

– Hier après-midi, me répond Charly. J'étais le premier. Ensuite, il y a eu Justine et Manu.

– On a eu des embouteillages à partir de Montpellier ! explique Justine.

Elle habite Bordeaux. Les deux autres viennent des environs : Charly de Cassis et Manu de Toulon.

– Si on allait faire un tour au club ? propose Charly.

– Pas tout de suite, je réponds. J'ai promis à mes parents de leur donner un coup de main pour l'installation. En plus, je ne suis pas encore inscrit. Mais on peut se retrouver après !

– OK ! À plus ! me lance Justine.

Ils m'abandonnent aussitôt à mes premiers devoirs de vacances. Je décide de ne pas traîner. La grande tente doit être montée mais il reste sans doute les valises et les sacs à vider, sans oublier la Quechua qu'on s'amuse avec Sophie à jeter en l'air pour qu'elle retombe montée en trois secondes. Si un coup de vent ne la perche pas en haut d'un pin...

J'emprunte l'un des chemins sinueux qui relient la plage au camping. Il traverse une zone de reboisement, une étendue d'arbustes et de broussailles dont l'accès est interdit par des grillages. Aucune route à traverser, aucun danger. C'est la raison principale de notre fidélité à cet endroit. À Paris, je ne peux rien faire seul. Ici, mes parents rassurés me laissent tranquille. Je suis libre comme l'air, la mer et le ciel.

Je me repère sans problème. Le camping, comme le vélo, ça ne s'oublie pas. En me promenant, je note les transformations, la peinture neuve sur la façade des douches, et surtout la piscine, construite derrière l'accueil et cernée par une collection de chaises longues habillées de serviettes multicolores. Dans le petit bain, des têtards pataugent, gênés par des brassards surgonflés. Je lorgne le plongeoir ; de là, on doit pouvoir faire des bombes d'enfer !

Plus loin, je découvre quelques tables neuves qui attendent le client devant un comptoir à pizzas.

Un hanneton vrombit à mon oreille. Sur le chemin qui me ramène à notre emplacement, je salue des têtes connues, dont celles des parents de Justine qui me sourient.

Avant même de le voir, j'entends papa. Il parle fort.

– Je vous dis que ça ne mord pas !

Que raconte-t-il ? Nous n'avons ni chien, ni chat, ni crocodile, ni cochon d'Inde qui puisse représenter une menace.

– Et moi je vous dis que ça mord ! réplique la voix de M. Chardon qu'on dirait hérissée d'épines.

Que se passe-t-il encore ?

Parvenu à destination, je les trouve face à face devant notre Quechua déjà montée.

– Léo !

Sophie, qui se tient à l'écart, m'appelle discrètement. Je la rejoins pour obtenir une explication. Elle m'est fournie sur-le-champ.

– L'autre affirme que papa a planté un morceau de notre tente sur son emplacement. Il est gonflé tout de même !

J'entends « l'autre » gronder de plus belle en tendant le bras comme un agent qui réglerait la circulation.

– Le 316 s'arrête à la ligne qui passe entre ces deux arbres. Le plan est formel sur ce point !

– J'ai occupé cette place assez longtemps, monsieur, rétorque papa, pour savoir de quoi je parle ! La frontière qui sépare nos parcelles est courbe, et non rectiligne comme vous l'affirmez avec un aplomb stupéfiant !

Je me gratte la tête. J'ai la sensation d'avoir déjà vécu cette scène, deux ans auparavant, avec papa dans le rôle de M. Chardon et un Hollandais dans celui de papa. Le Hollandais avait fini par reculer sa tente... Mais je me trompe certainement.

Les éclats de voix ont fini par attirer tous les membres des deux clans. Le fils reste en retrait, il a l'air ennuyé par cette agitation.

La mamie, plus impliquée, s'avance d'un pas ferme et décidé.

– Tu ne vas pas te laisser embobiner par ce ouistiti, hein Stan ? lance-t-elle d'un ton autoritaire.

– Écoutez, Rose, lui répond M. Chardon, ne vous mêlez pas de ça !

– Oh oui, maman, intervient Mme Chardon, je préfère aussi que tu restes à l'écart de ces histoires.

Puis, s'adressant à son mari :

– N'insiste pas, Stanislas, on ne peut rien contre la mauvaise foi !

Papa hausse les épaules et se remet aussitôt à planter les sardines qui tendent la toile de notre Quechua.

La mamie n'a pas écouté les conseils de sa fille et couve papa d'un regard furieux. Et si c'était une sorcière capable de lui jeter un sort ? L'image de papa transformé en crapaud s'impose, accompagnée d'un frisson d'angoisse. Rien ne se passe et elle fait volte-face. Ouf !

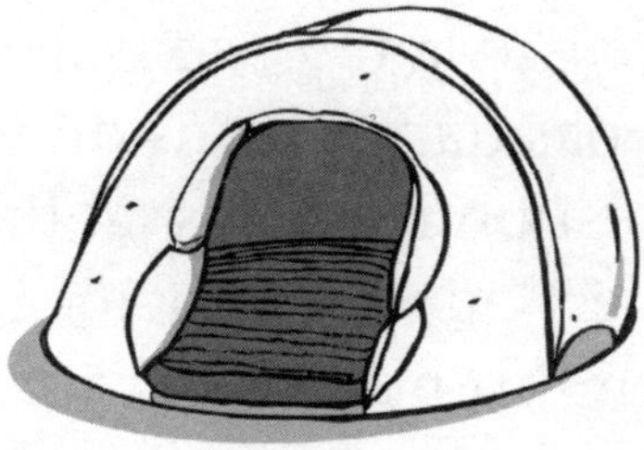

Deux heures plus tard, l'essentiel de l'installation achevé, nous nous réunissons autour de la table pliante pour notre premier dîner de vacanciers.

Rapidement, la conversation dévie sur nos voisins.

– Y a pas à dire, avec eux, on a tiré le gros lot ! commence maman. Ça leur coûtait quoi de nous laisser notre emplacement ? Non, ils ont décidé de nous pourrir la vie, voilà la vérité ! Et nous qui étions si contents d'arriver…

– Ils ne savent pas sur qui ils sont tombés ! embraye papa. Faut quand même être obtus pour s'accrocher à un simple emplacement dans un camping !

– Il est aussi bien, le 317, non ?

Sophie baisse la tête, consciente qu'elle ne souffle pas dans le sens du vent.

– La question n'est pas là, lui rétorque maman, c'est pour le principe !

Je ne comprends pas vraiment cette affaire de principe mais je suis d'accord avec les parents. Sophie est une traîtresse.

Quand même, j'ai hâte qu'on parle d'autre chose parce que, cette année, les vacances démarrent bizarrement. J'ai envie de profiter de mes amis, moi !

– Et puis la grand-mère, fulmine encore papa, va falloir qu'elle se calme ! Sinon, elle va le trouver, le ouistiti !

Je regarde en douce en direction de nos voisins. Eux aussi sont à table. Dimitri semble chercher le regard de Sophie. La mamie remarque que je l'observe. Son visage se plisse sous le sourire qu'elle me réserve. Gêné, je replonge le nez dans mon assiette.

Mon petit doigt me souffle que cette histoire n'en est qu'à son début…

Un raccourci qui en dit long

Pendant quelques jours, je ne fais plus trop attention aux Chardon. Avec mes trois amis, nous avons un emploi du temps très chargé. À la plage, où je passe l'essentiel de la journée, nous enchaînons les parties de badminton, nous creusons des circuits compliqués pour nos billes.

Parfois, nous émigrons à la piscine pour entamer des concours de plongeons, mais pas longtemps car nous avons tendance à éclabousser tout le monde... Nous avons même construit une nouvelle cabane dans un recoin caché de la zone de reboisement. Il nous suffit de soulever le grillage pour y accéder, et surtout de le replacer pour que le gardien ne soupçonne pas nos intrusions.

Pendant ce temps, papa, quand il ne joue pas aux boules, explore les fonds marins avec son masque et ses palmes et maman dévore des romans historiques. Quelquefois ils partent tous les deux se promener au bord de l'eau.

Tout comme au camping, mes parents ont aussi sur la plage leur petit coin préféré : près d'une cahute où l'on regroupe les pédalos. Sa paroi en bois fournit de l'ombre et maman peut s'y adosser. Dès qu'on y installe nos affaires, maman me prend pour une tartine, elle me beurre avec de la crème solaire avant de me laisser rejoindre les copains.

Je déteste cette impression de gras sur la peau mais mes protestations sont vaines. Il en mettait, de la crème, Tarzan ? Si sa mère l'avait accompagné dans la jungle, je suis sûr qu'elle aurait réussi à trouver une pharmacie.

Grâce à ce traitement, j'ai enfin perdu ma pâleur citadine. Je suis couleur pain d'épice. Il n'y a que sous la douche le soir que je me retrouve avec un slip blanc.

J'oubliais... Je me baigne comme un fou, des dizaines de fois. Je ne sors de l'eau que lorsque la peau de mes doigts est toute molle et ridée.

Sophie, on ne la voit pas souvent. Elle passe son temps au club de la Plage avec ses copines.

Elles discutent allongées en rond sur le sable ou alternent parties de volley et de ping-pong.

Moi, je n'irai que la semaine prochaine. Pour faire des économies, paraît-il... Je ne suis pas pressé tant que mes amis passent plus de temps avec moi que là-bas.

Avec les Chardon, on s'évite. Le fils s'est aussi inscrit au club. Il s'appelle Dimitri. Je tiens l'information de Sophie qui a mené son enquête. La mamie vient chaque après-midi sur la plage. Elle s'installe dans une chaise sous un parasol et regarde la mer, ou se plonge dans des grilles de mots croisés.

Régulièrement, elle quitte son poste pour aller nager. Pas seulement se baigner, nager ! Au crawl, elle battrait Alain Bernard ! Les parents Chardon semblent préférer la piscine car on les voit rarement dans les parages.

Ces quelques jours ont suffi pour m'en convaincre : nous avons déterré la hache de paix.

Et puis aujourd'hui, papa, qui revient des courses, se gare sur l'emplacement des Chardon, le temps nécessaire pour vider le coffre. En effet, la place de parking allouée au 317 se trouve de l'autre côté du chemin, ce qui allonge le trajet jusqu'à la tente. Mme Chardon surgit alors comme une furie.

– Vous n'avez pas à vous garer ici ! rugit-elle.

– Mais, proteste papa le visage parfaitement innocent, je ne me gare pas, je marque un arrêt pour déposer mes courses !

– Vous vous garez ! Nous en avons assez de vos petites manœuvres mesquines, mon mari a vérifié, votre tente mord sur notre emplacement, vous n'allez pas, en plus, squatter notre parking, non ?

Maman surgit en trombe et vole au secours de papa.

– Ce n'est pas votre emplacement, mais le nôtre ! Nous l'avions réservé ! RÉ-SER-VÉ !

Ça sent le roussi… La discussion dure quelques instants, jusqu'à ce que papa déplace notre voiture. Du coup, nous sommes tous réquisitionnés pour porter les courses.

À table, papa et maman sont d'humeur maussade. Même les cigales se taisent. Soudain, papa tape du plat de la main sur la table.

– Bon ! s'exclame-t-il, oublions ces petits soucis et déclarons maintenant les vacances ouvertes pour de bon ! Les voisins, n'y pensons plus, ne pensons qu'à nous ! Tenez, après le repas, je vous emmène manger une glace !

La proposition suscite un enthousiasme unanime. Je rêve déjà d'une montagne de chantilly quand je vois en face de moi maman pâlir et ses mâchoires se contracter.

Je me retourne.

M. Chardon, un sourire de défi aux lèvres, traverse tranquillement notre emplacement, à quatre pas de la table, les bras chargés d'une bassine remplie de vaisselle sale, avant de se glisser entre les troncs de deux pins parasols. Ce trajet lui offre un raccourci de sa tente aux éviers collectifs.

Son apparition nous rend muets de stupeur. Papa et maman se regardent. Ne trouvant rien à déclarer qui traduise leur surprise, ils se servent en poisson.

Un quart d'heure plus tard, M. Chardon réapparaît. Seule différence entre l'aller et le retour : la vaisselle est propre. Cette fois, papa ne peut se retenir.

– Dites donc, vous vous croyez où ? Sur les Champs-Élysées ?

Notre visiteur stoppe immédiatement.

– Parfaitement ! déclare-t-il. Je me trouve sur un lieu de passage autorisé !

– Quoi ?

– Vous qui êtes un grand spécialiste des limites d'emplacements, vous devriez savoir que l'éloignement du 316 par rapport aux éviers autorise leurs occupants à emprunter le 317 pour s'y rendre ! C'est précisé noir sur blanc dans le règlement intérieur du camping ! À bon entendeur, salut !

Et il repart.

Maman pose sur papa un regard désolé.

– On ne peut pas en rester là, hein Paul ?

– Ne t'inquiète pas, Alice, dit-il, s'il veut jouer aux idiots, on sera deux. Et même trois ! Avec Léo, nous allons nous en occuper.

Papa tapote mon épaule.

– Pas vrai ?

Il m'enrôle dans son armée ! Ma poitrine se gonfle de fierté, prête à recevoir de futures médailles. Moi aussi je vais défendre notre territoire contre l'assaut des Chardon !

Ils n'ont qu'à bien se tenir ! Oubliées les glaces, place aux représailles !

Les pieds dans le plat

Le dîner va être servi. Maman touille ses tagliatelles fumantes en jetant de brefs regards par-dessus son épaule.

Le plan échafaudé par papa a écourté mon après-midi de baignade avec les copains. Les Chardon se prélassaient encore à la piscine quand nous sommes revenus à la base.

Le dispositif est en place, il faut attendre l'heure H.

Nous ne sommes pas concentrés sur ce que maman nous sert, les pâtes sont vite avalées, la salade engloutie. Nous finissons notre yaourt lorsque le doux bruit d'assiettes qui s'entrechoquent annonce l'arrivée de M. Chardon. À son passage, papa le salue avec amabilité mais le laveur de vaisselle, que cela aurait dû rendre méfiant, poursuit sa route tranquillement et disparaît, comme ce midi, entre les pins.

J'attends le signal de papa qui observe l'activité régnant au 316. Il se lève, se plante à côté de maman. À eux deux, ils forment un écran qui me cache à la vue des voisins.

– Vas-y ! m'ordonne-t-il alors.

Je bondis, cours au pied d'un pin pour tendre et nouer la corde déjà attachée à un pin voisin, à trente centimètres du sol. Ma mission accomplie, je retourne m'asseoir.

Un quart d'heure après, les coudes posés sur la table, nous guettons le retour de M. Propre. Qui ne se laisse pas longtemps désirer...

Un grand bruit, suivi d'un juron étouffé, nous signale que le piège a fonctionné. Avec un bel ensemble, nous contemplons le désastre : assiettes, plats, couverts, tout a valsé et atterri autour de la bassine renversée.

Les mains humides de M. Chardon sont maintenant maculées de terre, ainsi que ses genoux.

Il se relève lentement et se dirige vers papa.

– Pas de bobo ? demande ce dernier, l'air innocent.

– Vous vous croyez spirituel ?

– Le règlement m'interdirait-il de tendre un fil dans les limites de mon emplacement ? Un fil bas, pour faire sécher des chaussettes de bébé !

Papa jubile. Je détourne un instant mon regard de la scène, et mes yeux s'agrandissent.

Suivant l'exemple de son gendre, la mamie, les bras chargés de quelques casseroles, s'approche dangereusement de notre piège.

En cinq enjambées, j'accours au-devant d'elle et je crie :

– Attention madame, il y a un fil !

Elle stoppe net et vérifie que je ne lui raconte pas d'histoires.

– C'est malin ! rigole-t-elle. C'est un coup à se prendre les pieds dedans !

Je n'ose pas lui avouer que c'est étudié pour…

– Merci mon grand ! ajoute-t-elle.

Elle recule d'un pas et fait demi-tour sans rien ajouter. Je me sens soulagé. Elle aurait pu se blesser.

Lorsque je me retourne, M. Chardon est déjà parti. Papa et maman rient sous cape. Je me joins à eux. Et Sophie me jette un regard noir.

Qu'est-ce que je lui ai fait ?

Bienvenue au club

C'est un grand jour, aujourd'hui. Le club de la Plage m'ouvre ses portes. Pour l'instant, je fais le tour du propriétaire, je me renseigne sur les activités auxquelles je pourrai participer avec mes amis, déjà inscrits.

Sous l'auvent qui accueille trois tables, je suis la partie de ping-pong que dispute Sophie avec sa copine Luna. Elle perd. Les « casquettes », c'est de famille. Elle marque un point grâce au vent, j'applaudis.

– De l'air ! me lance-t-elle, agacée. Va jouer avec ceux de ton âge !

Un des moniteurs propose de s'inscrire à une séance de judo prévue pour l'après-midi.

Je me présente parmi les premiers. On me prêtera un kimono et je leur montrerai que je suis le roi de la planchette japonaise, une prise facile. On pose son pied sur le ventre de l'adversaire, on recule en le tenant par le revers de sa veste et on le projette en arrière, à deux cents kilomètres-heure. Le judo va me plaire, je le sens !

Je m'avance sur le ponton qui a donné son nom au camping. Quand on marche dessus, l'eau miroite sous nos pieds, au son du clapotis contre les piliers. Au bout, un énorme cube de béton offre un plongeoir à ceux qui savent nager.

Vingt mètres plus loin, je me retourne. Au club, Sophie joue toujours.

Pas loin d'elle, appuyé discrètement contre un mur du local des animateurs, un garçon n'en perd pas une miette. Je plisse les yeux. Pas de doute, c'est Dimitri, Dimitri Chardon ! Il est certainement en train de préparer un mauvais coup contre ma sœur. Il ne sait pas que je l'ai vu. Il ne sait pas que je sais. Il ne sait pas que je sais qu'il ne sait pas. Je ne sais pas qu'il sait ce que je sais qu'il… bref… Je possède donc un net avantage sur lui.

Je vais le surveiller et, au moment où il s'en prendra à ma sœur, j'interviendrai. Et je la tirerai des piquants du Chardon… Elle ne le mérite pas mais tant pis.

En attendant, il faut rejoindre maman qui nous appelle. On mange tôt ce midi, le tournoi de pétanque de papa commence à quatorze heures. S'il est en retard, c'est la disqualification immédiate. En ce moment, je parie qu'il astique ses boules et vérifie qu'il a bien son mètre dans la poche de son short.

J'irai le voir en finale. C'est toujours ce que je dis, et je ne le vois jamais...

La table est débarrassée. Papa a rajusté sa casquette et réclamé un baiser porte-bonheur à maman avant de s'en aller. « C'est mon jour ! » a-t-il claironné, optimiste. Pourtant, j'ai vérifié, ce n'est pas la saint Paul...

Maman insiste pour qu'on reste un moment sous la tente après le déjeuner. Elle appelle ça la sieste. Comme s'il n'y avait rien de plus palpitant à faire que dormir, ou lire, quand la nature sauvage vous tend les bras. Mes copains, qui ont des parents construits sur le même modèle que les miens, subissent le même traitement. Ce qui rend l'épreuve supportable.

Les pires choses ont une fin. Au goûter, j'avale deux oranges. C'est bourré de vitamines. Et me voilà en route pour la plage. Je transporte le sac avec le matelas gonflable et les magazines, Sophie le parasol. Maman se charge des serviettes. Lorsque nous débouchons du sentier, l'air de la mer nous souhaite la bienvenue.

Notre voisine est déjà là. Peut-être veut-elle de temps en temps surveiller son fils, au moins de loin. Mais j'ai beau chercher partout, je n'aperçois ni M. Chardon ni la mamie.

C'est d'autant plus surprenant qu'elle n'était pas non plus au camping lorsque nous l'avons quitté. C'est contraire à ses habitudes.

Je pose le sac sur le sable pendant que maman installe sa serviette. Sophie s'accroupit auprès d'elle. Je parie qu'elle a quelque chose à lui demander.

– Maman ?

– Oui ?

– Demain, le club organise une boum. Je pourrai y aller ? Je ne rentrerai pas tard, je te jure !

J'ai gagné mon pari, je me dois cent mille dollars !

– On verra avec ton père, dit maman.

– Alors c'est oui ?

– Alors c'est « on verra avec ton père »…

Elle ne prend pas de risque, maman. Sophie s'est relevée. Je lui glisse à l'oreille :

– Si papa gagne le tournoi de boules, ce sera oui…

– Si c'est lié à son résultat, je suis carrément fichue…

Elle m'entraîne avec elle jusqu'au club. Sur place, elle m'abandonne comme une vieille chaussette et rejoint Luna. Inutile de perdre mon temps auprès de cette ingrate, j'ai rendez-vous au vestiaire.

En chemin, je croise Charly, Justine et Manu.

– Vous allez aussi au judo ? je demande.

– Y a intérêt ! répond Charly. Même que je vais vous donner une bonne leçon ! À Cassis, je prends des cours deux fois par semaine !

– Depuis quand tu en fais ? l'interroge Justine.

Charly hésite.

– Euh… Depuis… l'année prochaine… Je commence seulement à la rentrée.

On éclate de rire.

– Tu dois déjà être très impressionnant !

On entre dans le vestiaire où Virgile, un des animateurs, nous prête des vestes de kimono. La mienne est un peu petite pour ma taille mais ce n'est pas grave, j'ai l'air encore plus musclé. Les pantalons ne sont pas fournis.

Ainsi habillés, nous nous rendons sur le tatami : plusieurs tapis de gym réunis sur une surface de sable aplani. En tout, nous sommes une quinzaine. Le cours commence presque aussitôt.

On nous apprend à saluer (c'est facile), à agripper notre adversaire par le revers de sa veste (il faut sans cesse renouer sa ceinture) et surtout à tomber. Au judo, la chute doit être accompagnée d'un grand boum, le choc de l'avant-bras sur le tapis. L'avant-bras doit absorber le choc, nous répète Virgile qui fait office de prof. Moi, je triche. Je tombe et, une fois au sol, je claque ma main sur le tapis.

Le bruit est impressionnant. C'est chouette, le judo !

Combat ! On s'affronte deux par deux, maintenant. Virgile s'apprête à désigner les combattants. Le premier qui oblige l'autre à tomber marque un point.

En dehors de mes copains, j'étudie mes adversaires possibles. J'espère éviter le géant en face ; si j'essaie de lui placer une planchette japonaise, il va m'écrabouiller sous son poids et m'enfoncer le genou dans la poitrine !

Virgile réclame notre attention :

– L'arbitre de ces rencontres sera une ancienne championne.

Un murmure admiratif agite le rang.

– Vous allez bénéficier de son expérience.

Une ancienne championne ! Si ça se trouve, elle remarquera mes qualités exceptionnelles et me poussera vers la compétition.

Je me redresse. Virgile tend un bras pour inviter la championne à entrer sur le tatami. Ma mâchoire inférieure manque de tomber par terre tellement ma surprise est grande. Celle qui nous rejoint, habillée d'un kimono à ceinture noire, c'est la mamie des Chardon !

– Je vous présente Rose Ortie, reprend Virgile un ton au-dessus, ceinture noire troisième dan. Elle a entraîné l'équipe de France féminine aux championnats d'Europe !

Pourquoi Ortie ? Mais oui, la mamie est la mère de madame, non de monsieur Chardon ! Ortie, Chardon, ils étaient faits pour se rencontrer, nos voisins !

Mamie Ortie s'incline devant nous. Elle me réserve une œillade qui ne me dit rien qui vaille.

– Ça va ? me demande Justine qui a sans doute remarqué mon trouble.

– Impec.

Je n'ai pas parlé à mes amis de nos problèmes de voisinage. C'est quand même un peu nul et j'ai eu peur qu'ils se moquent de nous.

Mais qu'est-ce qui m'a pris de m'inscrire au judo ? Pourquoi je n'ai pas choisi les échecs, le Trivial Pursuit ou même la course en sac ? En admettant que mamie Ortie soit championne en tout, je prenais moins de risques !

L'index de l'arbitre se tend vers moi. J'ai l'impression de recevoir une flèche en plein ventre.

Évidemment, son index reprend sa route et désigne le géant en face, l'écrabouilleur d'une tonne !

Je ne me dégonfle pas et j'avance de trois pas. Mon adversaire est déjà prêt.

– Hajime !

« On peut y aller », en japonais. On s'empoigne. Surtout lui. J'ai l'impression de danser avec une statue. Je bloque ma respiration et je tente de le déséquilibrer.

Il me contre et paf ! je m'écroule au sol.

– Matte !

Cela signifie « arrêtez ». Encore heureux que mamie Ortie me permette de me relever ! Je respire à fond.

– Hajime !

C'est reparti. Je serre les dents parce qu'à cause de ma chute mon épaule me lance un peu, mais je n'en montre rien. J'essaie de me dégager de l'étreinte du monstre qui se dandine face à moi… il a une poigne en béton armé. Je sens mes pieds décoller du sol et repaf ! je mords le tatami. Tout a été si rapide que je n'ai pas pensé à frapper le tapis du plat de la main.

– Matte !

Pour être maté, je suis maté… Je croise le regard de l'arbitre. Elle me décoche un petit sourire amusé et désigne mon adversaire comme vainqueur. Je reprends ma place, vaguement humilié par cette déroute.

Je tourne la tête vers les tables de ping-pong. Là, c'est le bouquet ! Pendant qu'un gorille m'aplatissait, Sophie pactisait avec l'ennemi. Car c'est bien elle que j'aperçois dissimulée derrière un pilier, plongée dans une grande discussion avec Dimitri Chardon. Dans la famille des traîtres, je demande la fille !

Puisque dorénavant c'est à moi qu'ils s'attaquent, je vais m'en occuper, de ces voleurs d'emplacement…

Personnellement !

Par ici les fourmis

Morne dîner. Le silence règne à table. Chacun est perdu dans ses pensées. De mon côté, je passe en revue les événements qui se sont succédé depuis ma triste expérience de judoka. La démonstration date d'hier mais mon épaule est encore douloureuse.

Le retour de papa, comme le mien, n'a pas été marqué par un triomphalisme excessif : il avait pris une casquette.

Là n'était pas le problème, je crois que papa s'habitue, et puis il ne joue pas pour gagner, heureusement.

Non, ce qui l'avait mis hors de lui, c'était d'avoir été ratatiné par une doublette inédite : M. Renoir associé à... Stanislas Chardon. Le tirage au sort n'avait pas arrangé ses affaires. Tomber sur eux au premier tour ! Pour papa, un petit tour et puis s'en va.

Il n'a lâché aucun commentaire sur son vainqueur. M. Chardon avait-il bien joué, avait-il eu de la chance ? Papa a ruminé sa rancœur dans son coin tandis que je ruminais la mienne en me massant l'épaule.

Quant à Sophie, comme d'habitude, elle n'a rien dit qui se rapporte à nos voisins. Elle ne s'en mêle pas. Mais chez les Rousset, personne n'a passé une excellente nuit.

Comme un malheur n'arrive jamais seul mais souvent en bande, ce matin, à la plage, nous avons constaté que des gens s'étaient installés à notre place, près de la cahute des pédalos. Les Chardon ! Les Chardon étaient à notre place sur la plage ! Après avoir occupé notre emplacement ! Maman en est restée suffoquée et papa a juste dit, la voix grave, d'un ton solennel :

– Il ne faut pas voir dans cet acte la seule intervention du hasard...

Cet après-midi, après la sieste, je suis allé retrouver Manu au club pour une partie de ping-pong, mais mamie Ortie y avait élu domicile. Le pire, c'est qu'elle semblait y jouir d'une popularité incroyable ! J'ai eu le temps de l'observer.

Je m'attendais presque à ce qu'elle plante des smashs terribles au volley, mette échec et mat les animateurs du club ou pulvérise le record du cent mètres nage libre, mais elle se contentait de papillonner d'une activité à une autre en simple spectatrice. Je devinais la raison de sa présence : elle occupait le terrain, pour me dissuader d'en profiter !

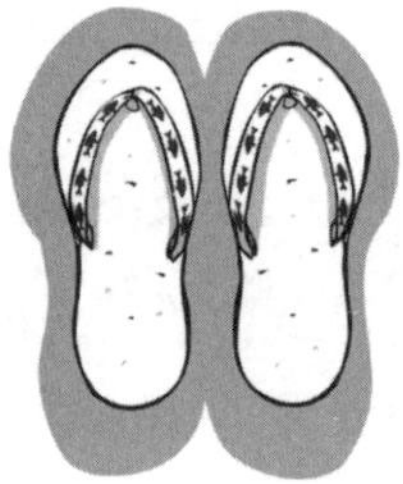

Une que les scrupules n'étouffaient décidément pas, c'était Sophie. Elle ne se forçait pas beaucoup pour fuir Dimitri ! D'accord, il ne nous avait pas encore causé d'ennuis, mais il appartenait tout de même à l'autre camp ! De quoi pouvaient-ils bien discuter pendant des heures ?

J'ai rejoint maman sur la plage. Elle pestait et maugréait sans arrêt. Il y avait du passage, on n'était pas à l'abri du vent, l'ombre lui manquait, elle allait attraper des brûlures au troisième degré… Elle jetait des coups d'œil assassins vers les parents Chardon qui ne se souciaient pas de nous. Les hypocrites !

C'est ainsi que nous en sommes arrivés à ce dîner déprimant… Ces nouveaux rebondissements m'ont conforté dans la décision que j'ai prise de me lancer à fond dans la bataille.

Ma première mission est programmée pour ce soir. Tout est prévu. Il y a une boum au club. Sophie s'y rendra, ainsi que Dimitri.

Je ne serais pas surpris que mamie Ortie y fasse un saut, ne serait-ce que pour embêter Sophie. Parce que je suis sûr d'une chose, même si Sophie ne se mêle pas de la guerre avec nos voisins, mamie Ortie ne l'épargnera pas. Sophie est son ennemie et, moi absent, pourquoi ne pas s'occuper de la grande sœur ?

J'ai bien préparé mon coup. La place sera libre pour mon opération commando. Papa et maman seront fiers de moi !

Une fois la table débarrassée, j'annonce que je vais dire bonsoir à Manu, mais c'est une ruse pour surveiller mes futures victimes. Posté derrière une tente d'Italiens désertée par ses propriétaires, je ne rate aucune étape des préparatifs.

Sophie est la première à partir, suivie de près par Dimitri. Un quart d'heure après, mamie Ortie, encadrée par sa fille et son gendre, entame sa promenade digestive.

La nuit est presque tombée, des nuées de moucherons volettent autour des globes des lampadaires, et les premiers moustiques s'approchent des caravanes éclairées. Bientôt sonnera l'heure de me coucher. Mais avant…

Je me glisse dans la tente de papa et maman pendant qu'ils jouent aux cartes avec des amis et, dans la cantine posée au sol, je m'empare du pot de confiture de fraises qui donne des couleurs à nos tartines beurrées du matin.

Le dissimulant sous mon sweat-shirt, je me glisse à pas feutrés vers le territoire des Chardon, en prenant soin de n'être remarqué par personne.

Les promeneurs se font rares et le silence qui s'installe dans le camping me permet de repérer les bruits synonymes de danger.

Accroupi près de la poubelle la plus proche, je me lance. À l'aide d'une petite cuillère, je répands un peu de confiture sous le sac plastique qui dégage une forte odeur et trace ensuite un chemin rouge et sucré vers la tente où dorment M. et Mme Chardon ainsi que mamie Ortie.

Il me reste à accomplir la phase la plus délicate de mon travail.

À plat ventre, je passe une main sous le tapis de sol à la recherche d'un accroc.

Victoire ! J'en détecte un, que j'agrandis en y glissant mon doigt, puis je bourre cet orifice de confiture avant de le raccorder à mon chemin sucré.

Voilà, mon autoroute est construite.

Les fourmis, dont j'ai repéré plus tôt une magnifique colonne à la bretelle d'entrée, n'auront pas à se plaindre ; je n'ai pas installé de péage.

Je perçois dans mon dos les bruits d'une conversation lointaine. Les voix me sont familières.

Vite, je dois m'éclipser, les propriétaires reviennent !

Le temps de dire bonsoir à mes parents, de me déshabiller, et je m'introduis avec force contorsions dans mon duvet. Je sens que je vais dormir comme un loir.

Ce ne sera pas le cas de tout le monde…

Avant que le coq chante

À travers le brouillard de mon rêve j'entends un zip de fermeture éclair, puis quelqu'un me secoue. J'ouvre les yeux à moitié en bredouillant :

– Qu'est-ce qui se passe ?

Le buste de maman est à l'intérieur de notre tente.

– Allez, debout les enfants ! lance-t-elle tout bas.

Elle empoigne le pied de Sophie à travers son duvet.

– Sophie ! Sophie ! Réveille-toi !

Ma sœur grogne, mais refuse de bouger.

Maman la secoue de plus belle.

– Le petit-déjeuner est servi !

Nous nous extrayons à grand-peine de notre duvet et nous sortons. Un frisson nous dévale l'échine. Il fait drôlement frais, ce matin.

Et peu à peu, une sensation étrange nous envahit. Ce n'est pas comme d'habitude. Le camping semble éteint, la lumière est faible... Sophie comprend avant moi.

– Quelle heure est-il ? demande-t-elle à papa en s'asseyant devant son bol fumant.

– Sept heures ! répond-il le plus naturellement du monde.

Les yeux de Sophie s'écarquillent.

– Sept heures ? Mais qu'est-ce qui vous prend de me réveiller maintenant ? Je me suis endormie à minuit passé !

– Tu n'avais qu'à te coucher plus tôt. Mange !

Sophie, embrumée de sommeil, secoue la tête et s'exécute. Maman jette de fréquents regards vers la tente des Chardon. Papa l'imite. Là-bas, tout le monde dort.

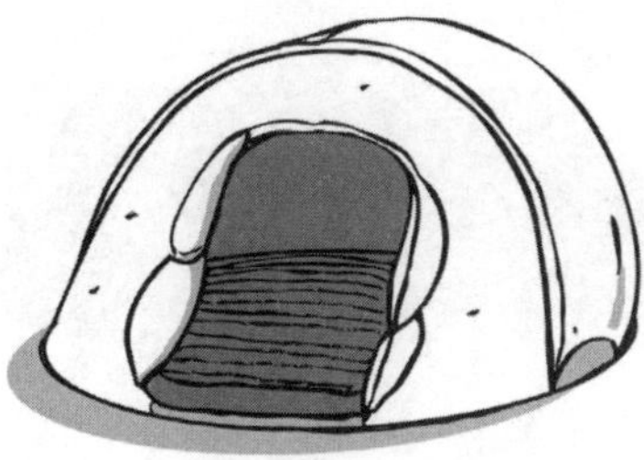

– Quel raffut ils ont fait, cette nuit ! Vous n'avez rien entendu ?

Brusquement, je me rappelle ! Les fourmis… Je me compose un visage d'ange et je réponds :

– Non.

Je ne sais pas pourquoi, mais j'hésite à leur avouer mon forfait. Logiquement, cela devrait leur plaire, mais je ne suis pas sûr qu'il faille être complètement fier de mon initiative.

– Et que je me lève au milieu de la nuit, poursuit papa, et que je m'énerve, et que je vide des bombes insecticides en veux-tu en voilà, vraiment aucun respect pour le sommeil d'autrui !

Je me concentre sur ma tartine. J'éprouve une sensation d'irréalité ; ce camping désert, nous quatre attablés, emmitouflés dans des pulls. Je me décide enfin.

– On fait quoi, ce matin ?

– On va à la plage ! nous assène maman d'un ton qui ne souffre aucune discussion.

– À la plage ? s'exclame Sophie que cette réponse achève de réveiller. À cette heure-ci ?

– Oui !

– Eh bien sans moi !

Maman la foudroie sur place.

– Si la plage c'est sans toi, le club ce sera sans toi, les boums sans toi et le cinéma sans toi !

Sophie se renfrogne.

– C'est débile…

– Sophie, intervient papa, s'il te plaît !

On se prépare. Nous sommes rodés, chacun sait ce qu'il doit prendre.

Quelques minutes plus tard, nous voilà en route à travers le camping.

Les gens qui sortent de leurs tentes nous regardent passer avec une expression effarée mais papa et maman n'y prêtent aucune attention.

Jamais je n'ai vu la plage ainsi. Il n'y a personne, excepté deux jeunes enroulés dans leurs duvets et M. Murville qui lance et relance une balle en caoutchouc à son chien. Les pulls, que nous n'avons pas quittés, se révèlent indispensables. Guidés par maman, nous nous dirigeons droit vers la cahute des pédalos. Sophie stoppe brusquement.

– Non ! Ce n'est quand même pas pour ça que vous nous avez fait lever aux aurores ?

– Que veux-tu dire ? demande papa.

– On vient à la plage à sept heures et demie juste pour réserver la place ?

Maman se retourne, furibonde.

– C'est NOTRE place ! Pour défendre son bon droit, il faut parfois consentir quelques sacrifices !

– Je ne le crois pas !

Ma sœur les regarde d'un air que je ne lui connaissais pas. La colère lui empourpre les joues.

– Mais on va être la risée de tout le camping ! Et vis-à-vis de mes copines, j'aurai l'air de quoi ? Qu'est-ce que ça peut faire qu'on soit ici ou dix mètres plus loin ? Du sable, c'est du sable !

– Va donc l'expliquer aux Chardon puisque tu es si maligne !

– Vous ne pouvez pas les oublier un peu ?

M. Murville choisit – mal – ce moment pour intervenir.

– C'est tranquille, à cette heure, pas vrai ? lance-t-il joyeusement.

Sophie éclate en sanglots et s'enfuit en courant. Nous la regardons s'éloigner.

– J'ai dit quelque chose qu'il ne fallait pas ? se désole le gardien.

– Non, non, répond papa d'une voix lasse, vous n'y êtes pour rien. Vous savez, les enfants…

– Oui, ce n'est pas toujours évident.

M. Murville n'a pas d'enfants, mais il sait quand même.

Et moi, je me sens de plus en plus mal à l'aise avec mes fourmis…

Une histoire de sardines

Jusqu'à ce que les copains arrivent, le début de la matinée m'a paru interminable. Ils ont eu l'air surpris de me trouver déjà à la plage.

– Tu es tombé du lit ou quoi ? m'a dit Justine en m'embrassant.

Leur présence m'a permis de penser à autre chose. Mais c'était difficile.

Après le départ de Sophie, papa et maman n'ont pas échangé une parole. Maman s'est plongée dans une grille de mots fléchés et papa dans un livre, *La Pétanque des origines à nos jours*.

Mine de rien, maman surveillait attentivement le sentier d'accès à la plage.

Vers dix heures, son œil s'est allumé ; les Chardon arrivaient. En nous apercevant, ils se sont consultés, j'ai cru voir M. Chardon chuchoter quelque chose à l'oreille de son épouse avant d'éclater de rire.

Bientôt, leur petit groupe s'est scindé en deux, mamie Ortie se dirigeant vers le club.

Dimitri n'est apparu qu'un quart d'heure plus tard.

Nous avions reconquis notre place près des pédalos mais notre fait d'armes ne semblait pas mettre l'ennemi en rage.

J'ai proposé à Charly, Manu et Justine de filer au club.

Sur place, première rencontre : Sophie en compagnie du fils ennemi. Ils complotaient dans un coin à l'écart. J'ai eu droit de la part de ma sœur à un regard carrément hostile. Celui de Dimitri ne valait pas mieux. Fallait-il donc que je me méfie de tout le monde maintenant, y compris de ma propre sœur ?

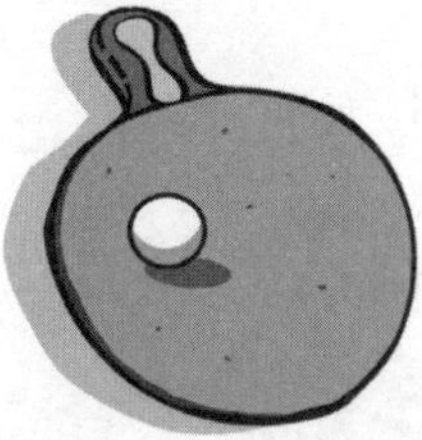

Manu a proposé une tournante au ping-pong. Je les regardais jouer après mon élimination quand un doigt m'a tapé sur l'épaule. J'ai accompli un demi-tour rapide. Je me suis retrouvé face à mamie Ortie qui me souriait comme un chat prêt à croquer une souris. J'ai reculé d'un pas, hors de portée des planchettes japonaises.

– Alors jeune homme, pas de judo aujourd'hui ?

– Non, pas aujourd'hui...

Je n'en menais pas large mais elle ne pouvait pas le deviner.

– C'est préférable, dans ton kimono, tu étais serré comme une sardine !

Elle a éclaté de rire. Qu'y avait-il de si drôle ?

– Remarque, je plaisante, a-t-elle repris, je les aime bien les sardines. Je les préfère aux fourmis...

Aïe ! Un signal d'alarme s'est déclenché dans mon crâne. Il fallait prendre le large de toute urgence. J'ai bredouillé :

– Excusez-moi madame, mes parents m'attendent.

Elle s'est écartée.

– Je ne te retarde pas, d'autant que l'heure de manger approche. Ta maman t'a sans doute préparé de délicieuses sardines grillées…

De nouveau, elle est partie d'un rire aigu.

Je me suis alors demandé si elle avait toute sa raison, mamie Ortie. Pourquoi faisait-elle une fixation sur les sardines ?

La preuve qu'elle divaguait : le midi, maman ne nous avait pas préparé de sardines ! Le repas s'est déroulé dans une atmosphère tendue à cause de Sophie qui boudait obstinément.

Après la sieste, pour la première fois, je n'ai pas eu envie de quitter le camping.

Les copains sont passés me chercher, je leur ai raconté que je ne me sentais pas dans mon assiette. En réalité, il fallait que je surveille notre emplacement. Les Chardon étaient capables de se venger de l'autoroute à fourmis, la vigilance était de rigueur. Mais j'ai surveillé pour rien.

En ce moment, papa et maman se préparent à accueillir leurs amis pour une partie de tarot. Comme c'est son tour, Sophie est partie laver la vaisselle. Je vais lui proposer mon aide.

Nous avons des choses à nous dire.

Une promenade en Quechua

Penchée sur le bac, Sophie me tourne le dos.

– Je vais essuyer si tu veux…

En me découvrant, elle ne desserre pas les dents. J'attrape une assiette dégoulinante et je l'enveloppe dans mon torchon.

– Pourquoi tu me fais la tête ?

– À ton avis ? aboie-t-elle.

– Si je le savais, je ne te le demanderais pas.

– J'en ai marre...

Je ramasse une poignée de couverts.

– À cause des Chardon ?

– Non ! À cause de papa et maman, et à cause de toi !

– Mais...

Elle coupe court à mes protestations.

– Tu te rends compte de ce qui se passe depuis que nous sommes arrivés ici ? Tu ne vois pas à quel point cette guéguerre avec nos voisins est ridicule ?

Non, je ne vois pas vraiment. Et puis, ce sont les autres qui ont commencé...

– ... Les parents deviennent fous, et toi tu marches dans leurs combines ! Pour une stupide histoire d'emplacement à la noix !

Elle se venge sur une casserole qu'elle récure à fond. Je fronce les sourcils.

– Il faut bien se défendre ! Si c'était toi qu'on avait cassée en mille morceaux sur un tatami, tu n'irais pas aussi facilement te promener avec Dimitri !

J'exagère sur le nombre de morceaux, mais Sophie, à qui on a raconté mes déboires de judoka, n'était pas là pour les compter. Elle écarte ma remarque d'un haussement d'épaules méprisant.

– Dimitri est très sympa ! Entre parenthèses, les Chardon n'y sont pour rien si on leur a attribué le 316 ! Papa et maman consacrent leurs journées à inventer de nouvelles façons d'attiser le conflit. Ils nous font lever à l'aube pour les devancer à la plage, occupent leur place de parking pour gagner cinq mètres avec les sacs de courses, ils ont même été jusqu'à renverser de la confiture pour attirer des fourmis dans leur tente ! Tu vois le niveau ?

– De la confiture ?

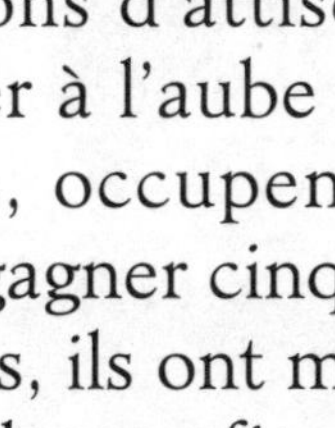

J'attrape une casserole. J'ai des fourmis dans les souvenirs... Sophie continue :

– Oui ! À la fraise ! C'est Dimitri qui me l'a dit. Jusqu'où vont-ils aller ? Jusqu'à se tirer dessus avec des fusils ? Je n'ai pas envie de gâcher mes vacances, moi ! Ras-le-bol !

– Parles-en à ton cher Dimitri !

Elle souffle sur une mèche de cheveux qui lui chatouille le nez.

– C'est déjà fait, figure-toi ! Et nous pensons pareil ! Ses parents sont aussi fautifs que les nôtres ! Tous dans le même sac !

– Qu'est-ce que tu proposes ?

– Qu'ils discutent une bonne fois, et qu'ils arrêtent leur cirque !

Il y a un peu de vrai dans ce que dit Sophie. Notre séjour est bien moins agréable qu'en juillet dernier. Au lieu de rigoler, on se chamaille. L'affrontement avec les Chardon devient pesant.

– Tu as peut-être raison…

Sophie retient « raison », pas « peut-être ».

– Bien parlé, petit frère ! Si nous sommes solidaires, nous multiplions par deux les chances de convaincre les parents de tirer un trait sur cette affaire avant qu'elle dégénère.

Elle se penche et m'embrasse sur la joue. Je me sens soulagé. Elle ne m'avait pas souri depuis un bon moment et ça me manquait.

Empoignant chacun d'une main la bassine de vaisselle propre, nous retournons vers notre emplacement.

Sophie doit se préparer, elle va au cinéma avec des copines. Des copines, mon œil ! Je ne serais pas étonné que l'une de ses copines s'appelle Dimitri...

Elle scrute, angoissée, le ciel qui, en quelques minutes, s'est brutalement obscurci de nuages menaçants.

Maman, qui tient en main son jeu de cartes, fait de même. Il faut compter un quart d'heure de marche jusqu'à la salle, son expédition risque de tomber à l'eau.

– Il va pleuvoir, Sophie !

– Mais non, maman.

Sophie s'active. En quittant le camping avant le début de l'averse, elle est sauvée. Moi, je me réjouis d'avance. J'adore entendre le crépitement de la pluie sur la toile de tente, et comme le film n'est pas « pour les enfants de mon âge », je suis coincé ici.

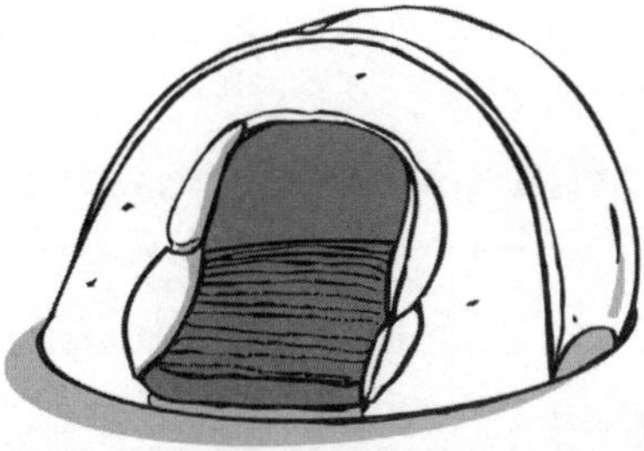

Je pénètre dans la Quechua dès la chute des premières gouttes qu'accompagnent des rafales de vent brutales. Sophie me suit pour récupérer son K-Way. Dans sa précipitation, elle s'appuie légèrement sur la toile…

Et là, soulevés par la tente qui nous entraîne, nous roulons comme dans un tambour de machine à laver…

– Qu'est-ce que tu fais ? crie Sophie.
– Mais, rien ! je proteste tandis que je reçois sur la tête les livres et les trousses de toilette que nous posons à côté de nos duvets.

Empêtrés dans la toile qui a culbuté, écroulés l'un sur l'autre, nous nous débattons, à la recherche de la sortie. Nous devons ressembler à deux fantômes essayant le même drap en cabine. Au-dehors, parasités par nos grognements et le crépitement de plus en plus violent de la pluie sur la tente, j'entends des bruits de pas. Et la voix de papa :

– Mais quelle est l'andouille qui a enlevé les sardines ?

Les sardines !

L'attentat est signé.

Plan et sous-plans

Après une nuit passée dans la tente de nos parents, Sophie et moi saluons le retour du soleil. Derrière nous, ouverte aux souffles tièdes du vent, la Quechua sèche. L'orage d'hier soir, violent mais bref, nous a vraiment douchés.

Je revois papa, fou de rage, se cabrer devant M. Chardon et le traiter de saboteur, et l'autre lui soutenir qu'il n'était pour rien dans cet incident.

Ils ont failli en venir aux mains. Leurs épouses ont réussi à les séparer mais de justesse.

En retrait, mamie Ortie contemplait le désastre. Évidemment, elle n'a pas avoué son forfait. Je ne peux pas lui reprocher son silence, moi-même avec Sophie, sur le coup des fourmis, je n'avais pas été très courageux.

Sophie était au bord des larmes. Dimitri s'est proposé pour nous aider à réparer les dégâts.

Papa l'a prié de s'occuper de ses oignons. Il a bien fait. Parce que je me suis souvenu que, la veille, Dimitri était arrivé après les autres à la plage.

En suivant les directives de sa mamie, il aurait largement eu le temps d'enlever les sardines de notre tente…

Oublié le beau discours de Sophie ! Ils vont payer ! J'ai échafaudé un plan. Un plan avec plusieurs sous-plans. La chance m'a souri.

Dans la famille, je suis le préposé au ramassage du courrier. Il est gardé à l'accueil dans des petits casiers aux numéros de nos emplacements. Tout à l'heure, dans le paquet que m'a remis Mme Murville, j'ai eu la surprise de trouver une enveloppe orange. Elle était adressée à M. Stanislas Chardon ! La proximité des emplacements a sans doute provoqué la confusion. Un signe du destin qui a permis à mon premier sous-plan de voir le jour.

Avec la ferme intention de la donner à son légitime propriétaire, je l'ai glissée sous mon tee-shirt, remettant à plus tard le soin d'en explorer le contenu.

Il est bon de connaître les secrets de ses adversaires. Évidemment, j'avais un peu conscience que ce n'était pas bien. Mais cette enveloppe m'étant donnée par Mme Murville, il était naturel de penser qu'elle m'était adressée, et logique que je l'ouvre. J'aurais très bien pu ne me rendre compte qu'elle ne m'était pas adressée qu'après l'avoir lue ! Aurais-je alors été fautif ? Non. À ce moment précis, j'étais encore convaincu d'avoir mal lu le nom des Chardon sur l'enveloppe.

Deuxième sous-plan à l'intérieur de mon plan : les sardines. J'ai décidé de venger l'honneur de ma tente en m'attaquant à la leur ! J'attends le moment propice. Je procéderai par étapes, déterrant une sardine par-ci, une sardine par-là, pour qu'ils ne se doutent de rien. Et un de ces jours, plaf ! Avec la toile, je ferai un paquet-cadeau des Chardon et je les réexpédierai à Paris.

J'envisage aussi de saupoudrer de poil à gratter le kimono de mamie Ortie, d'attirer des millions de moustiques sous leur auvent, d'enfermer un hanneton dans leur cantine…

Des idées, je n'en manque pas. Il reste juste à les mettre au point.

La chaleur du début d'après-midi pèse sur le camping qui semble vivre au ralenti.

Papa est parti se changer les idées à la pétanque, maman est allée bronzer sur la plage et Sophie et Dimitri participent à un concours de volley organisé par le club, concours auquel assistent les Chardon.

Officiellement, j'accompagne Charly qui a prévu de récupérer le programme de la semaine au cinéma. En réalité, je me suis réfugié dans la cabane de la zone de reboisement. L'herbe y est sèche et me pique les fesses à travers mon slip de bain. Et puis c'est radio-cigales dans les buissons.

À mes pieds, s'étale mon butin du jour : les cinq sardines que j'ai enlevées tout à l'heure et l'enveloppe destinée à M. Stanislas Chardon. Elle porte le tampon de l'Éducation nationale. Je m'apprête à l'ouvrir quand une voix crie mon nom. Je tends l'oreille.

– Léo, tu es là ?

C'est Justine.

– Oui, dans la cabane ! je réponds. Tu me rejoins ?

– Non, toi tu viens !

– Qu'est-ce qu'il y a ?

– Viens, je te dis !

Je dissimule les sardines dans la cavité d'une souche, remets l'enveloppe sous mon tee-shirt et cours la rejoindre. Elle m'attend au milieu du sentier. Je vérifie que personne ne pointe son nez et je rampe sous le grillage que tient Justine.

– Sur la plage, c'est l'invasion des méduses géantes !

– Quoi ?

– Oui, des méduses ! Et puis ta mère te cherche. Je crois qu'elle veut rentrer au camping et elle a besoin de quelqu'un pour porter ses affaires. Comme ta sœur est au tournoi…

Quand nous atteignons la plage, nous constatons qu'en effet la mer est désertée. Un rang de baigneurs scrute la surface de l'eau depuis le rivage.

À leurs pieds, à intervalles réguliers, des tas de gélatines répugnants sont échoués sur le sable. Deux garçons donnent des coups de pelle sur l'un d'entre eux. En le désignant, je dis à Justine :

– Ça me rappelle la fois où ma sœur a essayé de nous préparer un flan à la vanille.

Elle éclate de rire. J'entends qu'on crie mon prénom. Maman me fait des signes. Je quitte Justine pour la rejoindre.

À mon arrivée, elle secoue sa serviette avant de la plier, déclenchant une tempête de sable aux alentours.

– Ces cochonneries de bestioles me fichent une trouille bleue… commence maman.

– Sur le sable, tu ne risques rien, dis-je pour la rassurer. On n'est pas dans *La Guerre des mondes* !

– Peut-être mais c'est quand même l'invasion ! Pas étonnant, l'eau est tellement chaude, on dirait de la soupe. J'ai envie de me baigner, je vais me replier sur la piscine. Tu peux porter le sac ?

– J'espère que ça ne va pas durer longtemps, dis-je.

– Le trajet du retour ? me demande maman.

– Non, les méduses.

La mer sans pouvoir se baigner, c'est le supplice intégral !

Lâcher de serviettes

Nous arrivons à notre emplacement à peu près au même moment que Mme Chardon. Le tournoi de volley ne devait pas être passionnant, à moins que des méduses se soient invitées en finale. Elle est seule.

Elle se tourne vers nous et son regard croise celui de maman qui s'apprête, comme elle, à décrocher une serviette sèche du fil d'étendage.

Là, il se passe quelque chose. Elles semblent communiquer par ondes. Sans se quitter des yeux, elles préparent un nouveau sac de plage dans lequel elles tassent en boule la serviette récupérée.

Maman ajoute son roman sur Napoléon avec deux ou trois magazines pour faire bonne mesure. En territoire ennemi, Mme Chardon calque ses préparatifs sur ceux de maman. Seul le titre du livre doit changer.

Leurs gestes s'accélèrent progressivement. Maman empoigne son sac en même temps que notre voisine empoigne le sien. Elles s'engagent ensuite dans les allées du camping en direction de la piscine.

Je les suis, subjugué par la précision du ballet. Leurs foulées s'allongent, leurs pas s'accélèrent. Des images de Jeux olympiques me reviennent.

Elles dépassent les sanitaires au coude à coude, convergent vers le chemin étroit qui serpente en direction du bassin. Aïe !

C'est un goulet d'étranglement ! La collision va être terrible ! Mais non, se redressant au dernier moment, elles parviennent à éviter le choc et c'est au coude à coude qu'elles abordent la dernière ligne droite, leur sac battant la mesure sur leur flanc.

Mme Chardon, qui tient la corde, semble la mieux placée pour le sprint final. Pourtant, puisant au fond d'elle-même l'énergie nécessaire à l'accomplissement de cet ultime effort, maman, d'un coup de reins décisif, franchit en tête le pédiluve d'arrivée.

Sauf que la course n'est pas terminée.

Pénétrant dans l'enceinte, elles étudient à une vitesse ahurissante les chaises longues occupées par des corps ou des serviettes. Dans la rangée alignée sur le périmètre de l'eau bleue, elles en repèrent une de libre, et une seule !

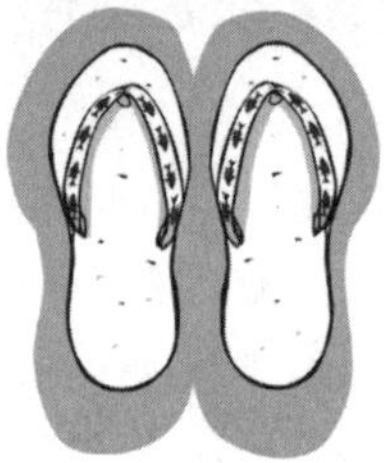

Elles choisissent chacune de la rejoindre par un côté différent. Maman opte pour l'ouest, Mme Chardon pour l'est. Maman a sans doute calculé que sa rivale aurait le soleil dans les yeux, du grand art ! De l'autre côté, le siège vide ne soupçonne rien de la manœuvre en tenaille. Je retiens mon souffle.

Les jambes de maman s'activent si vite que je les distingue à peine. On dirait Bip Bip.

Sa vélocité paie ; dans les derniers mètres, elle gagne un terrain précieux. Se voyant vaincue, Mme Chardon tente une manœuvre désespérée : elle jette sa serviette en direction du siège. Sauf qu'un courant d'air la projette dans la piscine où elle s'écrase dans un bruit mouillé.

En s'écroulant sur le siège, maman s'offre un sourire victorieux que n'accompagne aucun commentaire. Essoufflée, Mme Chardon la fixe, furieuse et, enfin, s'accroupit pour récupérer sa serviette, sous les regards stupéfaits de nombreux témoins.

On dirait que maman a gagné une manche. Quant à savoir si elle sera décisive, il est encore trop tôt pour l'affirmer.

Le soir, maman se repaît du récit de ses exploits. Papa, qui imagine la scène, pouffe de bon cœur, bientôt rejoint par maman très fière d'elle. Je m'apprête à les imiter mais Sophie casse net mon élan ; elle regarde maman comme si elle découvrait une personne étrangère.

Du coup, je ne sais plus quoi penser.

Lettre piégée

Encore une poignée bien tassée pour le sommet du donjon, quelques retouches sur les créneaux, et je recule pour admirer mon œuvre d'art. Ce n'est pas pour me vanter mais c'est une splendeur ! Le plus beau château de sable de la Côte d'Azur. Il mériterait de figurer en poster dans *Châteaux de sable magazine* !

Mon plan touche à sa fin. Il y a une heure, j'ai caché les dernières sardines arrachées à la tente des Chardon.

J'en ai laissé le minimum, leur maison de toile ne résistera pas au prochain coup de vent.

Je tourne le dos à mon château et je regarde la mer. Mes copains jouent au ballon. Quand ils m'ont proposé de me joindre à eux, j'ai refusé. J'ai bien vu qu'ils ne comprenaient pas pourquoi, mais les préparatifs des représailles envers les voisins accaparent mes pensées.

Papa et maman sont tristes, Sophie nous ignore le plus souvent. J'ai hâte que tout se termine, hâte de retrouver l'insouciance de nos vacances d'avant.

Grâce au coup de la tente, peut-être les Chardon s'en iront-ils pour de bon…

Et quand je raconterai mes exploits, on me fêtera comme un héros !

J'ai beau imaginer cette perspective, elle ne me satisfait pas. En fait, je me rends compte que je suis incapable de détester mamie Ortie.

Dans la partie de ping-pong que se livrent nos deux familles, j'ai l'impression que ce n'est jamais la colère qui la guide, qu'elle s'amuse, beaucoup plus que moi. Pourtant, à la guerre comme à la guerre...

Sophie avance dans ma direction. Elle n'est pas seule, Dimitri l'accompagne. Ils se tiennent la main.

Aussitôt, je vérifie que ni papa ni maman ne sont dans les parages. S'ils la surprennent avec le fils de leurs meilleurs ennemis, ils vont lui tomber dessus. Mais je ne vois personne. Sophie a dû s'en assurer avant moi.

Quand elle me repère, elle se met à courir vers moi avec un large sourire. Qu'est-ce qui la rend si gaie ?

– Léo !
– Oui ?
– Je te cherchais ! C'est extra !
– Quoi ?
– Les parents ! Je crois qu'ils sont en train de s'expliquer avec les voisins ! Dimitri et moi on leur a parlé, ils ont accepté de se rencontrer !
– Et tu crois qu'ils vont se réconcilier ?
– J'en suis sûre. Tu sais, ils en ont assez de se bagarrer, l'heure est à l'armistice.

Dimitri nous a rejoints.

– Salut ! me lance-t-il.

Je réponds par un geste du menton. Je ne vais pas hisser le drapeau blanc et me livrer les yeux fermés à ce Chardon !

– Bon.

Je ne sais pas quoi dire d'autre. Sophie invite Dimitri à la suivre et je reste seul.

Cette nouvelle est assez inattendue. J'ai du mal à réaliser. La mer scintille sous mes yeux. Un bon bain me remettra les idées en place.

En ôtant mon tee-shirt, je tombe sur la lettre glissée le matin dans l'élastique de mon maillot. Heureusement que Sophie et Dimitri sont déjà loin. Je franchis les quelques mètres qui me séparent de la cahute à pédalos et j'entrouvre la porte. Elle est vide. Là, je serai tranquille.

Je m'étais promis de lire la lettre adressée à M. Chardon, c'est le moment ou jamais. Je décolle délicatement l'enveloppe, puis j'en sors une feuille jaune au papier très fin. « Du ministère de l'Éducation nationale à M. Stanislas Chardon », est-il inscrit au début, puis, en majuscules, comme un titre, EXTRAIT D'ARRÊTÉ D'AFFECTATION.

Je lis la suite. Je m'interromps. Je relis.

Comme si on lui avait donné le signal du départ, mon cœur s'emballe brutalement.

Je re-relis, mes mains se mettent à trembler, une vague de chaleur envahit mon front ; j'ai du mal à réaliser ce que je viens d'apprendre. D'ailleurs, j'ai raison de ne pas y croire, parce que si c'est vrai, je suis fichu, mais alors complètement fichu.

Archifichu.

Je me frotte les yeux et m'offre un dernier essai. Ce que j'ai lu, je l'ai rêvé et je vais me réveiller.

Par arrêté n° 65000002 du 24 juin, M. Chardon Stanislas, directeur, est affecté à titre définitif et à compter du 2 septembre à l'école primaire communale mixte du 10, rue des Bauches, Paris 16e.

Je ne me suis pas réveillé... M. Chardon est nommé directeur. Directeur d'école. D'école primaire. Au 10, rue des Bauches.

Dans MON école !

Je me mords la lèvre et, dans ma poitrine, mon cœur, qui s'était légèrement calmé, tambourine de plus belle.

Malheur de malheur !

Les sardines !

La tente !

Je sors de la cahute comme si j'avais trouvé un troupeau de scorpions derrière la porte et j'accélère en direction du camping. Mes pieds volent au-dessus du sable. Usain Bolt Tarzan de Malibu. Le roi des idiots, oui ! Pourvu que j'arrive à temps, pourvu que…

Je débouche dans les allées du camping sans avoir ralenti ma course.

Notre emplacement est en vue, ma foulée s'allonge encore, j'aperçois mes parents devant la tente des voisins et M. Chardon qui les invite à passer sous l'auvent. Je hurle, j'appelle...

– Attendez !

Papa m'entend, il pivote, bouscule un peu maman qui attrape un piquet de la tente pour se rétablir... et là...

Rideau.

Notre emplacement

– À toi de servir.

Mamie Rose me lance la balle. J'engage, joue une fois sur son revers, une autre sur son coup droit, elle réplique par une défense en cloche et pan ! je smashe !

Dehors.

– 9 à 10. Balle de match.

Je suis bien parti pour me ramasser encore une casquette !

Sophie et Dimitri applaudissent mon adversaire. À leurs encouragements répondent ceux de Manu, Charly et Justine qui me soutiennent. Sophie, que j'ai souvent asticotée, tient sa revanche. Voilà, ma dernière balle s'écrase contre le filet. Mamie Ortie pose sa raquette sur la table et me tend la main.

– Sans rancune…

– Tu t'es bien défendu, ajoute ma sœur avec une pointe d'ironie.

– C'est malin, je lui réponds, vexé.

Le ping-pong, je vais arrêter, je crois. Mamie Rose et moi nous abandonnons notre public, qui nous remplace aussitôt derrière la table, et nous nous dirigeons vers le ponton.

Je lève les yeux vers elle.

– Raconte-moi encore ton séjour au Japon avant les championnats d'Europe !

– Tu veux écrire mes mémoires ou quoi ?

– Pourquoi pas !

Son récit nous emmène à l'extrémité du ponton. Quand nous posons le pied sur la plate-forme en béton, une gerbe d'eau fraîche vient nous couvrir les épaules d'écume.

C'est un plongeur qui s'entraîne pour devenir recordman du monde des plats. Mamie Rose me raconte.

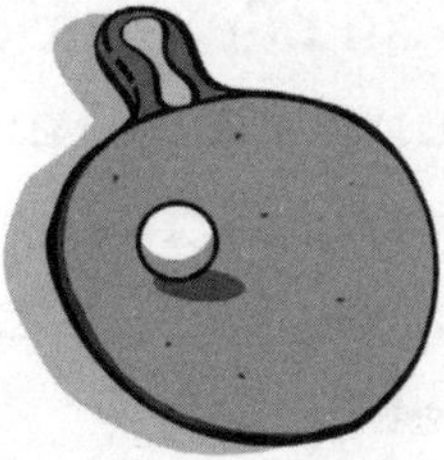

Ensuite, nous nous asseyons sur le bord en laissant nos jambes flotter dans le vide. Après quelques instants de silence, elle me donne un coup de coude.

– On a bien rigolé, tout de même, non ?

Je sais qu'elle fait allusion à la guerre entre nos familles.

– Oui, c'était drôle.

Je n'ose lui avouer que je ne riais pas tant que ça pendant que les dernières batailles faisaient rage.

– Moi qui avais peur de m'ennuyer en camping ! Tu aurais vu vos têtes quand on vous a sortis de la tente écroulée ! Et celle de ton père quand je l'ai traité de ouistiti !

Les scènes qu'elle évoque me reviennent une à une en mémoire. Avec le recul, et grâce à sa façon de raconter, j'arrive à les savourer. Ça me semble déjà loin, maintenant.

– Il était temps que ça se termine, continue la championne de judo ET de ping-pong, le climat s'alourdissait sur la fin.

D'accord avec elle…

La fin… Je la revois. Le savon que je me suis pris ! Juste au moment où ils se réconcilient, la tente qui leur tombe sur la tête.

Je m'en suis relativement bien sorti : le cinéma supprimé et une journée complète bloqué à la tente, le nez penché sur un cahier de vacances acheté en catastrophe.

N'empêche qu'ils ont été un peu hypocrites, parce que personne ne les a punis, papa, maman et mamie Rose ! Pourtant, ils n'étaient pas les derniers à monter au front !

Cette injustice, mamie Rose a voulu la réparer. Elle est venue me tenir compagnie pendant que les deux familles réunies profitaient des bienfaits de la plage.

Entre nous, le courant est vite passé.

Pour la première fois, elle m'a parlé de son parcours sportif, on a résolu les problèmes de maths ensemble. Entre deux cartes de découverte du monde à colorier, elle m'a même enseigné quelques prises de judo. J'en ai profité, un peu gêné, pour lui restituer la lettre de M. Chardon que j'avais auparavant minutieusement recollée. Elle a roulé de grands yeux avant de me promettre de garder le secret.

Nous sommes les meilleurs amis du monde, maintenant. M. Chardon et papa ont même fait équipe à la pétanque. Ils partagent les notes d'apéro que leur valent les casquettes. Quant à leurs épouses, elles se sont inscrites ensemble à des cours de voile. Sophie et Dimitri, je n'en parle même pas…

Le futur recordman du monde des plats poursuit son entraînement devant nous. Aspergé, je me relève.

– Je dois rentrer.

– Je t'accompagne, dit mamie Rose.

Quelques minutes plus tard, nous approchons de l'emplacement qui aura été à l'origine de notre guérilla épique, le 317, le nôtre. C'est drôle comme le discours de maman a pu se modifier en quelques jours. Aujourd'hui, elle n'échangerait le 317 contre aucun autre emplacement. Elle le trouve commode parce qu'il est plus proche des lavabos que le 316, et plus ombragé aussi. Il a toutes les qualités, le numéro maudit...

M. Chardon se porte à notre hauteur. Il pose sa main sur mon épaule et me secoue amicalement.

– Alors mon futur élève, dit-il, elle ne t'embête pas trop mamie Ortie ? Sinon tu me préviens !

– C'est promis !

Nos sourires ne tardent pas à s'effacer. Devant notre emplacement, une voiture est garée, avec des valises entassées sur la galerie. Je m'avance. Une femme en descend pendant que papa discute avec un inconnu aux jambes blanches. De sa bouche s'échappent des postillons que papa reçoit en pleine figure.

– Réservé ! Vous savez ce que cela signifie ?

– Et occupé, vous connaissez ce mot ? répond papa sur le même ton agressif. Le 317 est occupé. J'en sais quelque chose puisqu'il l'est par moi !

– Il l'était, monsieur ! À partir d'aujourd'hui, j'en prends possession, comme mon contrat de réservation m'en donne le droit.

M. Chardon se mêle à la conversation.

– Un problème, Paul ? demande-t-il.

– Figure-toi, Stanislas, que ces vacanciers envisagent de me déloger de mon emplacement !

– Et en quel honneur ?
– Ils l'auraient « réservé »…
À les observer, je ressens une curieuse impression de déjà vu, accentuée par l'apparition de M. Murville essoufflé.
– Messieurs, messieurs !
Ils sont quatre à palabrer, échangeant leurs arguments sans qu'aucun ne se décide à lâcher du lest.

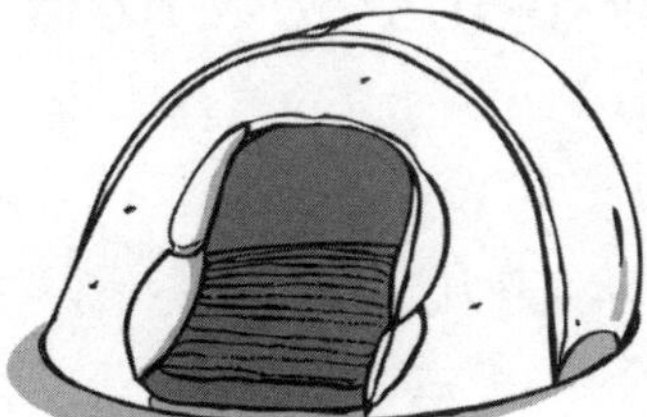

Je devine ce qui va se passer. Et mamie Ortie, dont je sens la présence derrière moi, le devine aussi. Je parie même qu'elle s'en réjouit. Si je ne me trompe pas, je vais encore me devoir des milliers de dollars.
Le gardien lève les mains pour réclamer le silence.

– J'ai la solution, messieurs. Il est vrai que la famille Rousset occupe un emplacement que vous avez réservé, M. Constantin, mais c'est consécutif à une erreur de notre part. Il se trouve que juste derrière le 317, le 318 se libère. Vous pouvez vous y installer, je m'arrangerai avec les gens qui l'ont bloqué pour la fin du mois. Qu'en pensez-vous ?

– Avons-nous le choix ? grogne M. Constantin.

– J'ai peur que non…

– Dans ce cas…

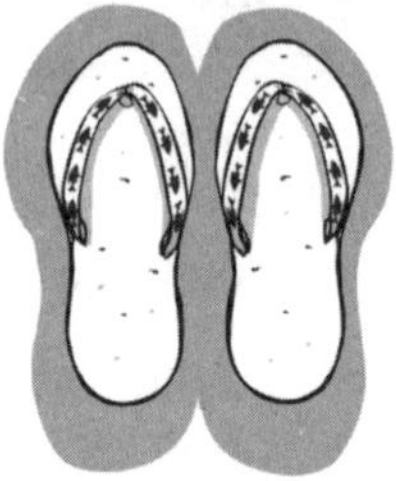

L'homme aux jambes blanches jette un méchant regard à papa qui ne baisse pas les yeux une seconde et se dirige vers sa voiture.

Il ouvre la portière arrière et il en sort une apparition qui devait être allongée sur la banquette. C'est une fille. À peu près de mon âge.

D'accord, ce n'est pas la première fois que je vois une fille, et pourtant, c'est l'impression que ça me fait. Elle a des cheveux bouclés pas très longs et noirs comme la nuit. Dans ma poitrine, j'ai le cœur d'un coureur de cent mètres alors que je n'ai pas bougé.

– Sors, Lola, on va s'installer, lui dit M. Constantin.

Je la suis des yeux tandis qu'elle se dirige vers le coffre de la voiture.

– Qu'est-ce que tu as ? me demande mamie Ortie. Tu es tout pâle.

– J'ai dû prendre un coup de soleil, je réponds mécaniquement.

– Si c'est le cas, Léo, tu devrais être rouge.

– Je dois être rouge pâle.

Je me détourne pour éviter qu'elle fasse le lien entre mon trouble et Lola. Et je me mords les lèvres.

Je ne veux pas qu'on fasse la guerre aux Constantin.

Le feu d'artifice du 14 juillet

Le camping est en fête pour le 14 juillet. Derrière l'accueil, une scène a été dressée qui accueille un sosie de Christophe Willem. Le type, maigre comme un clou, a des cheveux raides, un petit bouc de mousquetaire et porte des lunettes aussi grandes que des hublots. La taille de son jean lui dégage le haut des fesses, dévoilant un caleçon à pois. Sa chemise est ouverte sur un collier en or qui brille sous les spots.

Les chansons qu'il enchaîne suscitent l'enthousiasme dans l'assemblée. Quant à mamie Ortie, elle connaît chaque titre par cœur et braille les paroles d'une voix de fausset.

Les dizaines de tables qu'on a dressées pour l'occasion sont envahies par les campeurs du Ponton. Plus une seule chaise de libre. Les Chardon et les Rousset se sont regroupés pour déguster en chœur les pizzas du menu.

Tout à l'heure, je retrouverai mes copains, mais avant mes parents exigent que je prenne le temps de manger avec eux. J'ai commandé une forestière que je n'ai fait qu'entamer. J'ai une boule au fond de la gorge que je n'arrive pas à avaler.

Impossible de détacher mes yeux de la table près de la sono (pas la meilleure !). La famille Constantin s'y est installée, un peu à l'écart. De temps en temps, je remarque que M. Constantin jette des regards noirs dans notre direction. J'ai l'impression que papa l'a vu lui aussi. Parfois, il se penche vers Stanislas Chardon, lui glisse deux mots à l'oreille, et ils partent dans un grand rire complice qui me remplit d'angoisse.

Lola est assise, le menton posé dans le creux de sa main, l'air de s'ennuyer ferme. Quand je croise son regard, je dévie le mien aussitôt, de peur qu'elle ne remarque les coups de soleil qui vont et viennent sur mes joues à cause d'elle.

Sophie et Dimitri dansent déjà au milieu d'autres amateurs. Mamie Ortie, que je n'ai pas vue approcher, me souffle son haleine parfumée au rosé de Provence – juste une goutte pour accompagner !

– Tu ne les rejoins pas ? me demande-t-elle.

– Je n'aime pas danser. Et puis je ne sais pas.

– Dans cet ordre ?

– Dans n'importe quel ordre.

– Regarde devant toi. Personne ne sait danser ! Et pourtant ils ont du plaisir à le faire mal !

– J'ai pas envie.

– Je vois.

Elle s'éloigne et retourne vers les tables qu'on occupe.

Elle tire sa chaise près des quatre parents et s'adresse à eux. Ils l'écoutent religieusement.

À plusieurs reprises, papa se retourne vers la table des Constantin. Une sueur glacée mouille mon tee-shirt. Ils préparent leur plan de bataille ! Avec mamie Ortie comme général en chef ! Ce n'est pas possible !

De toutes mes forces j'ai envie de leur crier de ne rien faire contre eux, et puis je ne veux pas que Lola et moi nous soyons dans des camps adverses. Sauf que je ne peux pas l'avouer.

Papa et M. Chardon se lèvent et se dirigent droit vers la table des Constantin ! Je me rêve tortue, je tente de rentrer ma tête dans une coquille imaginaire mais mes épaules bloquent la manœuvre.

Le visage de M. Constantin montre des signes d'inquiétude. Il est sur ses gardes, prêt à bondir. Les deux anciens adversaires sont maintenant collés à la table de leur ennemi commun et, me tournant le dos, engagent la conversation.

Pourvu qu'ils ne se jettent pas les pizzas à la figure !

Je ne veux pas voir ça. Je vais partir. En courant. Me cacher dans la cabane. Ou prendre un bateau et ne plus jamais revenir.

Là-bas, les Constantin se lèvent. Stanislas Chardon prend la chaise de M. Constantin et papa celle de son épouse. Mais c'est pour les transporter vers le coin où nous sommes installés. De timides sourires naissent sur les visages. Lola a suivi le mouvement, Sophie, qui lui a fait de la place, lui glisse à l'oreille une parole qui la fait rire, avant que son regard me cherche.

J'ai l'impression de tomber en poussière quand il me trouve. Mamie Ortie vient s'installer à côté de moi. À moitié paralysé, je l'entends m'expliquer :

– Bon ! Alors finalement, nous avons décidé de cesser ces enfantillages. Notre nouveau voisin et sa charmante femme ont accepté de partager notre table. Ton père est allé lui proposer d'échanger les emplacements. C'est bien non ?

– Et ?

– Et Constantin a refusé. Mais l'attention a eu l'air de le satisfaire. Tu devrais nous rejoindre. La petite jeune fille ne connaît personne ici. Il est de ton devoir de la piloter un peu. Même si ça ne t'enchante pas, il faut savoir faire un effort quelquefois.

Elle a gardé son sérieux pour me servir cette tirade, mais ses yeux pétillent de sous-entendus. Je hausse les épaules et me lève.

– Si chacun y met du sien, tu as raison, je dois suivre le mouvement.

– Bravo Léo ! Tu seras peut-être récompensé de ta grande générosité... Si ça se trouve, en plus, elle est sympathique cette Lola !

– En plus de quoi ?

Mamie Ortie secoue la tête et lève les yeux au ciel. Je la suis.

Lola se rapproche. Elle est tout près maintenant.

– Bonsoir, me dit-elle.

À ce moment-là, des gerbes de lumières illuminent le ciel dans un bruit de tonnerre coloré. Des cris fusent autour de nous, suivis d'applaudissements.

Ensuite, à chaque fois que Lola me dira bonsoir, un feu d'artifice éclatera en moi.

Et j'applaudirai.

TABLE DES MATIÈRES

L'AUTEUR

Stéphane Daniel a inauguré une technique de campeur moderne pour écrire ce livre. Rassemblant l'intrigue, les personnages, les décors, les dialogues et l'ambiance dans un sac en toile serrée, il s'est rendu sur son lieu de travail et a jeté l'ensemble en l'air. Miracle, le livre s'est posé, tout fait, sur son bureau.
Il ne lui restait plus qu'à planter quelques sardines autour de la couverture pour que rien ne s'envole.
Aux lecteurs qui s'y installeraient, il souhaite d'excellentes vacances.

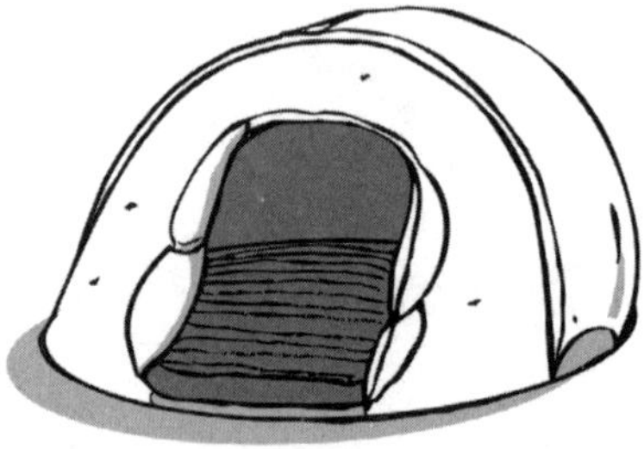

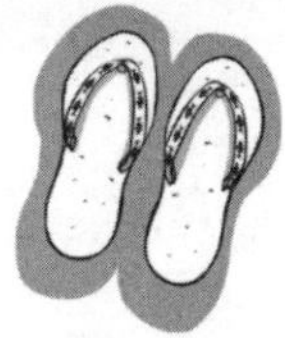

L'ILLUSTRATRICE

Marie-Noëlle Pichard grandit auprès d'un père dessinateur de B.D. et décide de devenir… archéologue pour découvrir le trésor de Toutankhamon. Malheureusement, c'était déjà fait !
Puis elle s'aperçoit que le dessin permet de vivre des aventures aussi passionnantes que l'archéologie. Elle se lance alors dans le périlleux métier d'illustratrice. Depuis, elle navigue entre passé et présent au gré des images qu'elle crée pour la presse jeunesse, l'édition scolaire et même médicale.
À ses côtés, Lulu, sa chatte égyptienne, s'attaque aux poils des pinceaux récalcitrants tout en gardant un œil sur la souris… de l'ordinateur.

DANS LA MÊME COLLECTION

Chien riche, chien pauvre,
Kathryn Cave

Deux chiots sont abandonnés. Le premier est offert au roi et reçoit une éducation distinguée. Le second grandit dans la rue et devient un voleur redouté. Le jour où ils sont échangés par erreur, c'est la panique au palais !

L'été des jambes cassées,
Cécile Le Floch

La colonie est annulée et Julien est obligé de rester dans son immeuble au mois de juillet. Un voisin propose de s'occuper de lui. Il l'initie aux échecs, à la cuisine, et lui raconte sa vie. Julien va de surprise en surprise…

Fils de sorcières,
Pierre Bottero

Jean est le seul de sa famille à ne pas avoir hérité des dons de sorcellerie, car la magie se transmet uniquement de mère en fille !
Mais quand un buveur de magie s'attaque à sa mère et à ses tantes, Jean est le seul qui peut leur porter secours…

La maison à cinq étages,
Geraldine McCaughrean

Tomi habite dans une grande maison et rêve d'avoir un cheval.
Ses voisins sont un peu farfelus surtout Mme Gronchon qui garde toujours sa porte close !
Un jour, Tomi a une idée géniale…

Achevé d'imprimer en France en janvier 2011
sur les presses de l'imprimerie Maury
Dépôt légal : février 2011
N° d'édition : 5334 - 02
N° d'impression : 161646